Dieses Buch gehört:

Denen, die wir am meisten
und bedingungslos lieben,
unseren Kindern:

Lucky
Ezra
Kiwi
Ferdinand

Diese Zeilen gehören nicht
zu unserer Geschichte.
Sie sind technische Informationen
über das Buch.

1. Auflage 2021
ISBN 978-3-552-07258-9

Satz: Fuhrer Visuelle Gestaltung, Wien
Autorenfotos: privat
Druck und Bindung: Graphicom S. r. l., Vicenza
Printed in Italy

FSC
www.fsc.org
MIX
Papier aus verantwortungsvollen Quellen
FSC® C013123

snić
sueno
rêve

ANDRÉ HELLER

TULLIOS GEBURTSTAG

illustriert von

Maïté Kalita & Esther Martens

PAUL ZSOLNAY VERLAG

TULLIO
Einkaufen:
Kindersekt
Tischfeuerwerk
Piñata
Sprühkerzen
Konfetti
Gummibärli
HAPPY BIRTHDAY!
Love you
Love you
Love you
Love you
Ich hab euch lieb,
Mami und Papi!

Tullio war das einzige Kind von Carla und Giovanni. Ein Jahr hat 365 Tage, und an jedem geht morgens die Sonne auf, und abends kommt die Nacht. Aber der Tag, auf den sich Tullio das ganze Jahr über am meisten freute, war sein Geburtstag am 4. Oktober. Denn da schenkten ihm die Eltern immer ein Fest, zu dem er seine liebsten Freundinnen und Freunde einladen durfte.

Die ganze Wohnung wurde dafür mit in zahllosen Farben flackernden Lampions, Kometen aus Stroh, grotesken Ballons und Seidenfahnen, auf die Märchenszenen gemalt waren, geschmückt. Das Beste und Wichtigste aber war, dass jeder Gast aufs Originellste kostümiert erscheinen musste. Alle überlegten schon Monate im Voraus, wie sie sich diesmal verkleiden sollten, um einander zu überraschen.

Am Ende des Ereignisses, nach dem Pfänderspiel, der großen Polsterschlacht, der Glückslotterie und den Tarantella-Tänzen, zu denen Carla virtuos Ziehharmonika spielte, tagte eine Jury, deren Mitglieder aus der Nachbarin Frau Belli, die immerhin sieben Kanarienvögel ihr Eigen nannte, sowie dem stets zu Schabernack bereiten Hausmeister Ottavio, der nur mehr zwei Zähne im Mund hatte und in seiner Jugend Ballettkünstler war, bestand.

Die beiden prämierten nach intensiver Begutachtung die fantasievollsten Kostüme. Alle Ausgezeichneten erhielten als Anerkennung eine japanische Zaubermuschel, die sich, sobald man sie in eine Schüssel mit Wasser legte, magisch öffnete und winzige bunte Papierwunder in Form von Seepferdchen, Fischen, Seerosen, Krokodilen und Flamingos aufsteigen ließ.

Zwei Wochen vor Tullios achtem Geburtstag holte Giovanni seinen Sohn von der Schule in der Via Garibaldi ab und sagte zu ihm: »Ich habe leider eine schlechte Nachricht. Wir müssen das heurige Fest absagen. Etwas, das man Virus nennt, bringt ganz Italien, ja die ganze Welt so durcheinander, dass man für längere Zeit keine Gäste mehr zu sich nachhause einladen darf. Die Regierung, du weißt, das sind diejenigen Frauen und Männer, die für die Geschicke unseres Landes verantwortlich sind, verbietet es, weil sie glaubt, dass wir sonst alle gefährlich krank werden oder sogar sterben.«

Tullio war fassungslos. »Wegen diesem gespenstischen Virus verwandelt sich mein heißersehnter Glückstag in einen Unglückstag.«

SCUOLA

HUMMELQUATSCH
NASENLARIFARI
LAPAMURIIIIII
DONNERKAKAOOO
AAAAH!

Zunächst wurde er so wütend, dass er Unsinnsworte wie Hummelquatsch, Nasenlarifari, Donnerkakao und Lapamuri in die Gasse hinausschrie. Und dann trat er mit dem Schuh gegen einen Hydranten, tat sich dabei weh und wurde darüber noch wütender.

Zuhause versuchte ihn seine Mutter zu trösten, indem sie sagte:

»Das Fest im nächsten Jahr wird dafür doppelt so schön.«

Tullio aber war untröstlich.

Deshalb schimpfte sein Vater, der offenbar ganz andere Sorgen hatte:

»Es soll dir im Leben nie etwas Schlimmeres passieren als dieses kleine Unglück.«

Carla verteidigte Tullio:

»So klein ist es nicht. Man hat doch nur ein einziges Mal im Leben den achten Geburtstag, und diese Zahl bedeutet in der Nummernlehre der jüdischen Weisen Gerechtigkeit, Harmonie und kluges Handeln. Und die Absage des Festes ist das genaue Gegenteil von alledem. Außerdem, mein lieber Herzensmann, ist die 8 auch das Zeichen für Unendlichkeit. Daher ist die ganze Geschichte sogar unendlich traurig.«

»Die Regierung weiß schon, was sie tut«,
antwortete Giovanni streng.

»Das bezweifle ich«,
erwiderte Carla sanft.

Und so debattierten sie einige Minuten, bis Carla einlenkte:

»Jetzt ist der Schaden ja leider schon angerichtet.«

Die Eltern umarmten einander, Tullio aber blieb tief gekränkt.

Als er sich am Vorabend des 4. Oktobers ins Bett legte, erreichte seine Traurigkeit einen neuen Höhepunkt, und er flüsterte innig seufzend einen Satz, den seine geliebte Großmutter Laura stets sagte, wenn sie in Nöte geriet: »Ich bin unglücklich und von allen guten Geistern verlassen.«

Dies hörte mit großer Rührung die für uns Menschen unsichtbare, geheimnisumwitterte Nachtpräsidentin, die jedem Menschenkind, ganz wie es ihr beliebt, die Träume aussucht und zuteilt.

Sofort versammelte sie ihre, für die Schlafabenteuer in aller Welt zuständigen Feen, Elfen und Genien um sich und bat sie, für Tullio einen prächtigen, noch nie dagewesenen Traum zu erfinden und zu gestalten.

Sogno
rüya
mimpi
dröm
droom
sen
sognare
sapnis
rêve
xewn
kurota
aisling
drøm
СОН
夢
꿈

Eine große, turbulente Parade von fantastischen und Staunen machenden Wesen, die an dem Buben vorüberziehen sollte, als Beweis, dass er ganz und gar nicht von allen guten Geistern verlassen war, und diese ihn, im Gegenteil, zur Feier seines achten Geburtstags mit dem unvergesslichsten Maskenball aller Zeiten überraschten. Sie würden seiltanzen, zaubern, fliegen, feuerspucken, sich in Tiere und Pflanzen verwandeln, schattenspielen und jonglieren, die verblüffendsten Musikinstrumente zum Klingen bringen und Hymnen aus sieben Kontinenten inklusive in 111 Sprachen Happy Birthday anstimmen.

Und so geschah es.

alles GUTE zum GeBURTSTAG
生日快乐
CirCus

Tullio
Alles Gute zum Geburtstag!
Glückwunsch!

Tullios Geburtstag

HAPPY BIRTHDAY

Als Tullio am Morgen seines Geburtstags erwachte, war er das glücklichste Kind von Italien, und seine Eltern wunderten sich sehr über seine strahlenden Augen und seine fröhliche Laune.

»Was ist mit dir in der Nacht geschehen?«, fragte Carla. Und Tullio antwortete: »Ich habe unfassbar viel Wundersames erlebt, dass mir wahrscheinlich niemand glauben wird. Man könnte ein ganzes Buch daraus machen!« »Dann lass uns das versuchen!«, sagte Carla. »Wir werden es ›Tullios Geburtstag‹ nennen.«